LA MORT

DE

L'ARCHEVÊQUE DE PARIS

POÈME EN SIX CHANTS

DÉDIÉ AU CLERGÉ DE FRANCE

SUIVI

Du STABAT MATER, traduit en vers français, et d'autres œuvres poétiques

PAR PAULIN LACOMBE
Garde national de la 4e Légion.

PARIS
CHEZ TOUS LES LIBRAIRES
ET CHEZ L'AUTEUR, RUE DE LA MONNAIE, 21.

1849

LA MORT

DE

L'ARCHEVÊQUE DE PARIS

POÈME EN SIX CHANTS

DÉDIÉ AU CLERGÉ DE FRANCE

SUIVI

Du STABAT MATER, traduit en vers français, et d'autres œuvres poétiques

PAR PAULIN LACOMBE
Garde national de la 4e Légion.

PARIS
CHEZ TOUS LES LIBRAIRES
ET CHEZ L'AUTEUR, RUE DE LA MONNAIE, 21.

1849

IMPRIMERIE DE GUSTAVE GRATIOT, 11, RUE DE LA MONNAIE.

TABLE DES MATIÈRES.

FIN DE LA TABLE.

LA MORT

DE

L'ARCHEVÊQUE DE PARIS

POÈME EN SIX CHANTS

DÉDIÉ AU CLERGÉ DE FRANCE

Le bon Pasteur donne sa vie pour ses brebis.
(Évangile selon saint Jean, chap. X, verset XI.)

Quæque ipse miserrima vidi.
(Virgil. Æneis, lib. II.)

PRÉFACE.

C'est à l'instigation de nos amis que nous publions ce poème, qui dormait paisiblement dans nos cartons, et qui n'a pas même eu l'honneur de figurer au concours de l'Académie française. — L'amitié est indulgente, un peu aveuglée de sa nature : Dieu veuille que nous n'ayons pas à nous repentir d'avoir cédé à ses conseils. — On trouvera peut-être fort sévères, surtout eu égard aux circonstances actuelles, quelques-uns de nos jugements, quelques-unes de nos expressions. — Nous répondrons d'avance, pour notre excuse, que nous avons conçu et exécuté notre œuvre sous l'influence de l'indignation générale qu'avait fait naître l'insurrection de juin 1848, véritable crime de *lèse souveraineté du peuple*, au point de vue républicain ; et que si le temps a (ce dont nous sommes loin de nous plaindre) affaibli les souvenirs, amené l'oubli, cela n'est pas une raison pour nier ce qui a été. — Il est d'ailleurs juste qu'on tienne compte et de l'entraînement d'une muse échauffée, et de notre crainte, hélas ! justifiée en partie, de voir la république perdue par les exagérations et les fureurs de certains démagogues. — Oui, comme vous l'a jeté à la face, du haut de la tribune parlementaire, l'honorable général Cavaignac (séance du 13 juin 1849), vous avez compromis, empêché les conséquences du glorieux mouvement de février !... et vous êtes d'autant plus coupables, que les avertissements ne vous ont pas manqué.

— Vous avez voulu renouveler les grands drames de 89, et vous n'avez produit que parodies ridicules. — Vos modèles étaient sublimes, et vous n'avez été que grotesques. —Vous avez tué le génie révolutionnaire en le dépoétisant, en remplaçant son auréole composée des principes les plus nobles, les plus élevés, par le programme de vos instincts grossiers, de vos besoins matériels. — Vous vous êtes imaginé qu'une vieille société comme la nôtre, malgré ses profondes et vigoureuses racines, pouvait être transplantée, transformée en un jour : dès lors, vous vous êtes mis à l'œuvre, vous avez frappé de toutes vos forces. Or, qu'est-il arrivé ? c'est que l'arbre solide, à l'aide de son inertie seule, a fait réargir toutes vos forces contre vous, ainsi que le ferait une des tours de Notre-Dame qu'un fou chercherait à renverser d'un coup de pied... et vous avez été honteusement jetés par terre. — Vous n'étiez, nous aimons à le croire, que d'imprudents amis; mais l'on a eu le droit de vous soupçonner d'être des traîtres stipendiés pour rendre la démocratie odieuse : aussi, quand vous avez crié *à la trahison*, a-t-on été tenté de dire que vous opériez à la façon de ces larrons habiles qui crient *au voleur*, afin d'échapper plus facilement à ceux qui les poursuivent.

Quelles seront, après tout, les nouvelles destinées de la patrie ? C'est là un mystère que nous n'essaierons pas de pénétrer ; nous nous contenterons d'émettre le vœu, à la fois ardent et sincère, qu'elles soient dignes de l'antique honneur de la France et du rang illustre qu'elle occupe sur la vaste scène du monde.

Août 1849.

CHANT PREMIER.

Aspect de Paris au moment de l'insurrection. — Craintes pour la capitale du monde civilisé. — Invocation à l'Éternel.

Paris, depuis trois jours, en proie à mille alarmes[1],
S'emplissait de soldats; partout, brillaient des armes...
Le tambour résonnait, et, de sa grosse voix,
Au lointain le canon annonçait ses exploits.
Déjà plus d'un guerrier, dont la France était fière,
Avait trouvé la mort; une triste civière
Était, pour le héros atteint d'un plomb fatal,
Le prix de sa valeur, et son char triomphal.

En vain nos combattants de colère frémissent;
En vain, saisis d'effroi, femmes, enfants gémissent;
Derrière ses remparts, le barbare [2] abrité,
Se rit de nos efforts et de l'humanité.

[1] Les événements de juin 1848 ont commencé le 23, un vendredi.

[2] L'emploi de ce mot est justifié par une proclamation de l'Assemblée nationale, où la même qualification a été donnée aux insurgés.

Tel on voit un lion, alors qu'encor sauvage,
On le tient enfermé dans une épaisse cage,
Se ruer sur quiconque ose de sa prison
Visiter les abords, craignant la trahison;
Tel on voit l'insurgé, de ses arquebusades
Frapper tout ce qui vient trop près des barricades.

Quel parti prendra-t-on? il veut vaincre ou périr;
Nos écrits, nos discours ne servent qu'à l'aigrir;
Et si l'enfer l'aidant, il obtient la victoire,
A ruiner Paris il doit mettre sa gloire :
Propriété, famille, arts et religion
Sentiront de ses coups la terrible action.

Quoi! Paris, ce flambeau dont le feu vif éclaire,
A l'égal du soleil, notre vaste hémisphère;
Paris, depuis longtemps, la reine des cités,
Deviendrait un désert,... et ses fils attristés,
Sur des frères cruels, ô comble d'infortune!
Devraient faire tomber le poids de leur rancune!..
Mon Dieu, ne permettez jamais pareil malheur!
Soyez le médecin d'une immense douleur!...
Votre main, bien souvent, a protégé la France :
Faites luire à nos yeux un rayon d'espérance!
Et que nos ennemis, par la grâce entraînés,
A votre loi d'amour soient enfin ramenés!

CHANT DEUXIÈME.

Monseigneur Denis devant la barricade du faubourg Saint-Antoine. — Sa présence au milieu des insurgés. — Il est frappé au moment où il leur prêche la paix, la conciliation. — Émotion de Paris à la nouvelle de la mort de son pontife.

Pendant qu'un digne chef [1], venu de l'Algérie,
S'occupe du moyen de sauver la patrie;
Pendant que ses soldats demandent que, bientôt,
Il leur soit ordonné de monter à l'assaut,
Denis [2], un saint prélat, a senti ses entrailles
S'agiter et crier pour toutes ses ouailles

Soldats, ouvrez vos rangs : il veut parlementer !...
Fortune, rang, honneurs, rien ne peut l'arrêter.
Insensible au danger qui menace sa tête,

[1] Le général Eugène Cavaignac, alors ministre de la guerre, et, plus tard, chef du pouvoir exécutif.

[2] Monseigneur Affre (Denis-Auguste) avait été nommé archevêque de Paris, le 26 mai 1840. Il se présenta devant la barricade du faubourg Saint-Antoine, dans l'après-midi du dimanche, à la suite d'une visite au général Cavaignac.

Il marche d'un pas sûr, comme vers une fête;
Et montrant sa croix d'or de prélat, ses habits,
Il dit : *Le bon pasteur se doit à ses brebis.*

Son front pur et serein, miroir de sa belle âme,
Semble se couronner d'une divine flamme.
Il porte, dans sa main, un rameau vert et frais;
Il le porte bien haut, en symbole de paix.
Son patron [1], ce grand saint que l'univers admire,
Dut ainsi mériter la palme du martyre.

Le voilà qui gravit le Calvaire aux pavés;
Ses pieds on les dirait par un ange enlevés.
Il n'a qu'une pensée : arriver au plus vite;
Tout instant de retard, son bon cœur s'en irrite:
Qu'il souffre, chaque fois que son pas trop pressé
Heurte un cadavre froid qu'une balle a glacé!

Son but vient d'être atteint: le faubourg Saint-Antoine
Devant lui se déroule; étrange macédoine,
Des hommes, des enfants, des femmes, des poignards,
Des sabres, des fusils s'offrent à ses regards.
Les murs sont crénelés; quand s'ouvre une fenêtre,
C'est pour vomir au loin du plomb et du salpêtre.

Il s'avance toujours... notre pontife est là,
Pareil à saint Léon [2], dans le camp d'Attila.

[1] Saint Denis, premier évêque de Paris.

[2] Le pape saint Léon-le-Grand, au moyen âge, et parmi de vrais barbares, fut plus heureux dans sa mission que l'archevêque de

Les Huns avaient un roi; chacun, ici, gouverne;
Un chef est inutile au barbare moderne :
Sa fureur le dirige, et son cœur endurci
Des pleurs qu'il fait verser ne prend aucun souci.

De l'or! de l'or! qu'on nous en donne!
Nous en exigeons une tonne [1]!
Puisque le peuple est souverain,
Il doit vivre sans aucun frein.
Nous voulons qu'on brise les chaînes
Des nôtres, captifs à Vincennes,
Et qu'on relève l'échafaud :
Pour les traîtres il nous le faut [2]!

A ces sauvages cris, à cette soif ardente
Des richesses, du sang et de tout ce qui tente;
A ce mépris aveugle et de l'ordre et des lois,
Ne se croirait-on pas parmi les Iroquois? [3]

Paris, au XIXe siècle, et parmi des hommes vivant au foyer de la civilisation de cette époque. Quelle affligeante comparaison!...

[1] Un parlementaire des insurgés a osé demander plusieurs millions d'indemnité, la mise en liberté des Barbès, des Raspail et consorts, la dissolution de l'Assemblée nationale, le désarmement de la garde civique et la tête du général Cavaignac.

[2] L'abolition de la peine de mort, en matière politique, a été un des premiers actes du gouvernement provisoire. — Nous n'avons jamais compris qu'on ait pu exciper, de ce fait, en faveur des misérables qui ont si lâchement assassiné le général de Bréa et son aide-de-camp venant à eux en parlementaires, en conciliateurs, et sous le palladium du droit des gens.

[3] Sauvages de l'Amérique du Nord.

Depuis près de vingt ans, on semait l'égoïsme [1],
Nous avons dû, pour fruit, recueillir le cynisme;
En haut, on exigeait qu'en tout le vice aidât,
Il était naturel qu'en bas, il débordât.

Aussitôt qu'il le peut, Denis se fait entendre,
Et jusqu'à supplier sa voix daigne descendre.
A sa voix on répond par d'affreux hurlements
Que l'écho nous renvoie en sourds mugissements.
C'est la mer courroucée et déchaînant sa rage
Contre un pauvre vaisseau qui lutte avec courage...

Plus le péril grandit et devient menaçant,
Plus Denis sent que Dieu le rend fort et puissant :
Il leur parle du Christ et de ses saints apôtres,
Les exhorte à s'aimer, s'aider les uns les autres;
Il leur peint avec feu le bonheur de la paix,
Leur promet le pardon, l'oubli de leurs forfaits....

Soudain, on n'entend plus sa parole touchante,
Et sa tête affaiblie en arrière est penchante....
Il vient d'être frappé : le bouclier divin
Ne l'a point garanti du plomb d'un assassin.
Il tombe dans les bras de deux amis fidèles... [2]
La mort semble déjà le couvrir de ses ailes.

[1] Allusion à la corruption érigée en doctrine, sous le règne de Louis-Philippe.

[2] MM. Jacquemet et Ravinel, vicaires généraux. Le premier a eu sa soutane, le second son chapeau percé de plusieurs balles.

Notre archevêque est mort! ce bruit, à travers l'air,
Se répand, dans Paris, aussi prompt que l'éclair.
Pourtant, de croire au meurtre à chacun il en coûte :
Aussi, pendant longtemps, on s'y refuse... on doute...
Hélas! il est trop vrai qu'ils l'ont assassiné,
Et que son corps par eux s'est senti profané [1] !
Civilisation, voile-toi la figure!...
Il en est qui, là-bas, partagent sa ceinture...
Les monstres oseront imiter les bourreaux
Qui des habits du Christ s'arrachaient les lambeaux!

[1] La vérification faite de la blessure mortelle que feu M. l'archevêque de Paris a reçue, a prouvé de la manière la plus concluante d'où venait le coup. La balle ayant frappé de haut en bas, partait des maisons occupées par les insurgés, et ne pouvait venir des rangs de la troupe placée dans les bas-fonds.

(Extrait du journal l'*Union*, numéro du 3 juillet 1848).

Voir, dans le *National* du 5 juillet, le récit du jeune homme qui précédait l'archevêque portant à la main une branche d'arbre. — Voir, dans le même journal du 6 juillet, l'interrogatoire du nommé François Manchon, garçon épicier.

CHANT TROISIÈME.

Émotion de la capitale partagée par les insurgés. — L'archevêque n'est que blessé. — Il est transporté à son hôtel. — Il offre sa croix au jeune garde mobile François Delavrignère.

Tous ces fiers insurgés, après un si grand crime,
Sont émus et saisis, comme lorsqu'un abîme
Que nous supposions loin, est ouvert sous nos pas,
Et nous fait redouter un imminent trépas.
Nos malheurs, tout à l'heure, ils les traitaient de conte;
Maintenant, repentants, ils veulent fuir leur honte;
Mais leur honte les suit... supplice de Caïn
Dans le sang de son frère ayant trempé sa main.
Pour eux plus de repos : dans leurs tourments extrêmes,
Beaucoup seront réduits à s'exécrer eux-mêmes.

Grâce aux soins qu'a reçus l'infortuné prélat,
Ses yeux se sont rouverts, ont repris de l'éclat;
De ne point être faible on le voit qui s'efforce :
Le courage est venu suppléer à la force.
Dieu veuille que mon sang soit le dernier versé !
Voilà comment se plaint ce généreux blessé ;

Sublime mouvement de vertu, d'héroïsme,
Et dont l'honneur revient, tout au catholicisme.
Quelle religion a, pour l'humanité,
Donné plus de son sang, eu plus de charité?

On improvise un lit, un vrai lit de misère
Qui montre le néant des grandeurs de la terre ;
Et sur ce lit, semblable à l'agneau sur l'autel,
Denis est transporté, mourant, à son hôtel.
Près de lui, sont rangés des soldats en silence,
Observant de leurs pas la lugubre cadence.
Le chemin qu'il parcourt est tout bordé de deuil :
Partout, cris déchirants et sanglots pour accueil.
Pour le voir, l'approcher, on se pousse, on se presse;
On brûle, par sa voix, d'entendre la sagesse.
Son visage de saint n'annonce aucun courroux;
Il répète ces mots : *La paix soit avec vous !*

Il vient d'apercevoir François Delavrignère,
Jeune garde mobile [1], au cœur d'homme de guerre;
Il n'a point oublié que l'enfant, sous ses yeux,
A conquis, en soldat, un renom glorieux.
Il l'appelle vers lui, le bénit et l'embrasse;
Et puis, autour du cou sa main faible lui passe
Le cordon d'une croix... [2] *Garde-la sur ton cœur...*
Et cela, lui dit-il, *te portera bonheur !*

[1] 4e bataillon, 7e compagnie.

[2] Petite croix de bois surmontée d'un crucifix.

Dans cette passion, la honte de notre âge,
François Delavrignère est de Simon l'image;
Denis offrant sa croix au soldat-citoyen,
N'est-ce pas Jésus-Christ et le Cyrénéen?

La victime a changé promptement les colères,
En regrets douloureux, en hommages sincères;
Du faubourg Saint-Antoine à l'île Saint-Louis [1],
Tous les ressentiments se sont évanouis.

[1] L'archevêché est situé dans cette partie de la capitale.

CHANT QUATRIÈME.

Témoignage de dévouement des serviteurs de l'archevêque. — Son courage et sa résignation. — Sa mort. — Deuil de Paris.

Enfin, il a revu les lieux où doux, facile,
Il faisait du pouvoir un moyen d'être utile.
Ses serviteurs qui croient qu'il est inanimé,
Pleurent amèrement leur maître bien aimé....
Il a pu leur parler; chacun, alors, envie
Le bonheur de mourir, pour lui sauver la vie;
Témoignage d'amour et d'entier dévouement
Honorant serviteurs et maître également.

Il ne doit point fléchir : son courage héroïque
Oppose à la douleur un sourire angélique;
De ses flancs déchirés le sang a beau couler,
Il ne cessera pas d'aimer, de consoler.

Malgré tous les efforts tentés par la science [1],
De sa prochaine fin il a la conscience.

[1] M. le docteur Cayol, ancien professeur de la Faculté de Médecine de Paris, n'a pas cessé de lui prodiguer ses soins éclairés.

Il reçoit les secours de la religion;
En retour il répand sa bénédiction;
Il recommande à Dieu la France, sa patrie;
Puis, pour elle, tout bas, avec ferveur il prie...
La paix soit avec vous! murmure encor sa voix,
Et le cygne a chanté pour la dernière fois [1].

L'archevêque n'est plus! mais son âme immortelle
Est montée au séjour de la vie éternelle.
Le ciel se réjouit, car, parmi ses élus,
Denis sera compté comme un élu de plus.

Aussitôt, dans les airs, les cloches ébranlées,
Lancent, de toutes parts, leurs plaintives volées.
Une sombre tristesse est dans tous les esprits :
C'est un crêpe funèbre enveloppant Paris.
On remarque à chaque œil une larme qui brille;
Chaque visage exprime un grand deuil de famille.

[1] Monseigneur Denis est mort le 27 juin 1848, à quatre heures de l'après-midi. Il était né à Saint-Rome-de-Tarn, au diocèse de Rodez, le 23 septembre 1793.

CHANT CINQUIÈME.

Le corps du martyr reste exposé, pendant huit jours, à la vénération des fidèles. — Deux officiers de la garde mobile le prient de bénir leurs armes. — Son convoi. — La métropole elle-même semble prendre part au deuil public. — Monseigneur est déposé dans la tombe.

Un dais de velours noir, à crépine d'argent;
Sur un lit de repos l'archevêque gisant,
Des vêtements sacrés lui servant de suaire;
Et la rouge vapeur d'un riche luminaire;
Tout ce grave appareil fait éprouver au cœur
Un saint frémissement, une sainte terreur.
A genoux près du mort, des prêtres psalmodient;
Des voix avec leurs voix tristement s'harmonient.
Pendant huit jours, il va demeurer exposé,
Sans que de notre amour l'élan soit épuisé.

On vient, de mille endroits, comme en pèlerinage,
Du pontife martyr contempler le visage;
Et chacun de se plaire à chanter, aujourd'hui,
Les nobles qualités qui brillèrent en lui :

2

Soldat de la vieille milice
Dont la bannière c'est la croix,
Denis, au nom de la justice,
Reconnut du peuple les droits [1].
Il sut voir dans tout homme un frère;
Il fit, autour de lui, du bien,
  Le plus qu'il en put faire;
  Il fut un vrai chrétien.

Le haut degré de sa puissance
Ne le rendit pas vaniteux;
Loin d'en avoir de l'arrogance,
Il en était presque honteux.
Fidèle au drapeau de son maître,
Il en fut un ferme soutien
  Par ses vertus de prêtre;
  Il fut un vrai chrétien.

Dans une lutte fratricide,
Se détachant de sa grandeur,
Et prenant son devoir pour guide,
Il se pose en médiateur.
Le sang du peuple il le ménage,
Il le ménage au prix du sien;
  Il met fin au carnage;
  Il fut un vrai chrétien.

[1] Voir la lettre pastorale de monseigneur Affre, après les événements de février.

Tandis qu'autour du mort, toujours grossit la foule;
Tandis qu'en long cordon, le flot pieux s'écoule,
Deux braves officiers, s'avançant à la fois,
Déposent sur son corps leurs sabres nus en croix,
En disant : *Monseigneur, bénissez ces deux armes!...*
Et tous les assistants, émus, versent des larmes [1].

Mais arrive le jour où, dans un sombre lieu,
Denis sera placé sous l'égide de Dieu [2] !
Le clergé, les couvents, la garde citoyenne,
Et le peuple et l'armée, il faudra que tout vienne,
Pour payer au prélat un solennel tribut :
Où trouver à poursuivre un plus louable but?
La France, au noble instinct, se jugeant endettée,
Veut, dans ce grand cortége, être représentée [3] :
Beaucoup de ses élus seront de ses regrets
Les interprètes chauds, les interprètes vrais.

En longs habits de deuil, l'antique métropole [4]
Attend, et son bourdon bruyamment se désole.

[1] Cette scène a été représentée par le dessin, et reproduite par la gravure et la lithographie.

[2] Le corps de monseigneur Affre a été déposé dans un caveau régnant sous le chœur de Notre-Dame. — Là se trouvaient déjà réunis les restes de messeigneurs de Juigné, de Belloi, de Talleyrand-Périgord et de Quélen.

[3] Les obsèques ont eu lieu le vendredi 7 juillet, à neuf heures et demie du matin. — Un grand nombre de représentants du peuple y ont assisté, à part la députation officielle de cinquante membres de l'Assemblée nationale.

[4] L'église de Notre-Dame.

Par son portail ouvert, on aperçoit sa nef,
Et son chœur, hélas! veuf de son illustre chef.
Sous ses piliers géants, tout est froid et tranquille :
Là règne la tristesse ainsi que dans la ville.
Que sont-ils devenus ces jours où nos accents
Se mêlaient, dans les airs, aux vapeurs de l'encens?
L'archevêque, debout devant le tabernacle,
Entouré d'or, de fleurs, nous offrait un spectacle
Dont le magique éclat tour à tour captivait
Nos yeux et nos esprits, vers Dieu nous élevait;
Et l'orgue par ses sons, excitant l'allégresse,
Nous faisait ressentir une suave ivresse
Aujourd'hui, nous n'aurons que des chants ténébreux,
Et comme en inspiraient leurs malheurs aux Hébreux.

Le cortége est complet; il s'ébranle, il s'avance,
Avec des étendards, de distance en distance,
Rappelant à l'envi le digne imitateur
Du Sauveur des humains, du divin bon Pasteur.

Le fardeau précieux est l'objet d'une lutte :
Au prêtre le soldat vivement le dispute [1].
On se dit : en voyant le saint Denis nouveau,
Le bon pasteur donna sa vie à son troupeau.

On croirait que Denis, dans son cercueil s'agite,
Et que son cœur de joie et de bonheur palpite.

[1] Le corps a été porté par douze gardes nationaux. Les cordons du poêle étaient tenus par six évêques.

Comme un triomphateur il paraît radieux....
C'est du ciel qu'il entend le cri de nos adieux.

L'airain a retenti, sonnant la fatale heure,
Et la tombe est déjà sa dernière demeure !

CHANT SIXIÈME.

L'Assemblée nationale vote l'érection d'un monument à la mémoire de l'archevêque. — Paroles de malédiction contre les fauteurs de la guerre civile.

Les devoirs de l'Église ont été tous remplis;
Les prêtres ont quitté leurs aubes, leurs surplis.
Près d'autres saints prélats le saint prélat repose.

La France réclamant, pour lui, l'apothéose,
D'un élan unanime on vote un monument [1]
Dont sa gloire sera le plus bel ornement.
Que son exemple soit, parmi nous, cette eau vive
Où l'on aime à puiser, quand on est sur sa rive!

Dornès, Bréa, Mangin, Charbonnel, Négrier,
Regnault, François, Bourgon, Damesme et Duvivier [2],

[1] Dans la séance de l'Assemblée nationale du 14 juillet 1848, un décret d'érection d'un monument a été proposé par l'honorable M. de Saint-Priest. Ce décret modifié a été adopté, dans la séance du 17.

[2] Dornès et Charbonnel, représentants du peuple.

Bréa, Négrier, Regnault, François, Bourgon, Damesme et Duvivier, officiers généraux.

Mangin, capitaine d'état-major, aide-de-camp du général Bréa.

Victimes vous aussi d'horribles mitraillades,
Soyez, autour de lui, de brillantes pléiades!
Vous irez, tous ensemble, à la postérité :
Vous avez du pays, tous, trop bien mérité!

Et vous ambitieux dont la parole impie
A fait ensanglanter notre chère patrie,
Êtes-vous satisfaits?.... Parricides cruels,
Quand renverserez-vous de Moloch [1] les autels?...
Dresseriez-vous encore une liste de crimes?...
Creuseriez-vous encor, sous nos pieds, des abîmes?...
Oh! soyez tous maudits! qu'un éternel remords
Soit votre châtiment, la vengeance des morts!

[1] Ancienne divinité à laquelle on sacrifiait des victimes humaines.

FIN DU SIXIÈME ET DERNIER CHANT.

STABAT MATER

traduit en vers français.

COMPLAINTE A LA VIERGE.

Pendant que Jésus-Christ, entouré d'hommes d'armes,
Expire sur la croix, sa mère est dans les larmes,
Auprès de lui debout; et son sein oppressé
Est comme par un fer sans cesse transpercé.
Ah! combien dut gémir cette mère sensible,
En voyant dérouler tout le supplice horrible
De son unique fils, de son fils bien-aimé!
Quel cœur à la pitié pourrait rester fermé,
Devant un tel tableau? Qui, de la pauvre mère,
Ne ressentirait pas l'affliction amère?
Elle a vu de ses yeux le spectacle navrant
De Jésus-Christ battu, de Jésus-Christ mourant
Pour nos propres péchés, sans qu'une voix amie
L'ait plaint et consolé durant son agonie.
Mère du Rédempteur, source du pur amour,
Laissez-moi m'attrister et gémir à mon tour!
Faites que plaire à Dieu soit ma plus douce tâche,
Et que mon cœur en feu l'adore sans relâche!
Ne me refusez point cette grande faveur!

Les clous de votre fils, plongez-les dans mon cœur!
Ensemble partageons les nombreuses tortures
Qu'il souffrit pour sauver d'indignes créatures!
Oui, vraiment, je le veux, tant que j'existerai,
Je souffrirai pour lui; pour vous je pleurerai.
Je veux, près de la croix, soutenir la faiblesse
De votre corps ployant sous la lourde tristesse.
Vous, des vierges l'honneur, ne me repoussez pas!
Confondons nos sanglots! toujours, jusqu'au trépas,
Je me rappellerai l'épouvantable histoire
Du Christ crucifié; les plis de ma mémoire
Retiendront ses douleurs; sa sainte passion
Sera toujours l'objet de ma dévotion.
Que, grâce à vous, je sois son serviteur docile!
Qu'au jour du jugement, la croix me soit utile!
Quand moi, frêle mortel, je serai devant lui,
Que je me sente fort en sentant votre appui!
La mort ayant rompu de mon âme la chaîne,
Faites que je vous aie, au paradis, pour reine!

TOAST A LA FRATERNITÉ.

Chanson dédiée à la 6e compagnie du 4e bataillon, 4e légion, et chantée à la barrière du Maine, dans un banquet de cette compagnie, le 15 juin 1848.

AIR : Les pêcheurs de toutes nos rades (Mazaniello).

Puisque l'union fait la force,
Ordonnons que, dans ce festin,

Chacun de nous fasse divorce
Avec tout souvenir chagrin.
Soyons tenus de rire et boire,
En vrais fils de la liberté;
Soyons heureux comme Grégoire...
Et vive la Fraternité!

Nous nous devons à la patrie,
Comme à leur mère des enfants;
N'attendons pas qu'elle nous prie,
Et prenons toujours les devants.
Si quelque danger la menace,
Dévouons-nous avec gaîté;
Mourir n'est que changer de place...
Et vive la Fraternité!

S'aimer, s'aider, sur cette terre,
Pour les hommes est un devoir.
Bientôt finira toute guerre :
Amis, partagez mon espoir.
Alors, nous connaîtrons cet âge
Dit âge d'or et tant vanté;
Le beau temps vient après l'orage...
Et vive la Fraternité!

Buvons à notre capitaine,
Sans oublier nos lieutenants;
Comme l'occasion entraîne,
Buvons encore à nos sergents.
Puis, nous reboirons à la ronde,

Car, suivant la sainte équité,
Il faut penser à tout le monde...
Et vive la Fraternité !

Ici finit ma chansonnette ;
N'allez pas trop mal la juger ;
Pour rendre la fête complète,
Ah ! que ne suis-je un Béranger !
Ma muse fort timide et neuve,
Vous dit, avec simplicité :
Prenez ce denier de la veuve...
Et vive la Fraternité !

LE TAMBOUR DE LA GARDE NATIONALE

Cette chanson a été composée à l'occasion des événements de juin 1848.

Air :

Ran tan plan, ran tan plan...
Garde national, accours, ne sois pas lent !
Ran tan plan, ran tan plan...

Ami que si matin réveille
Le son bruyant de nos tambours,
D'une révolte sans pareille,
Il s'agit d'arrêter le cours.

Lève-toi vite, prends tes armes :
Nos ennemis sont pleins d'ardeur;
Et contre de vaines alarmes
Sache fortifier ton cœur.

Ran tan plan, ran tan plan...
Garde national, accours, ne sois pas lent!
Ran tan plan, ran tan plan...

Ne pense point à ta famille:
De tout il faut te détacher!
Vois l'horizon : la gloire y brille;
Vers ce but nous allons marcher.
Que ton courage, à toute épreuve,
Se produise encore aujourd'hui;
De tes enfants et de ta veuve
La France deviendra l'appui.

Ran tan plan, ran tan plan...
Garde national, accours, ne sois pas lent!
Ran tan plan, ran tan plan...

Déjà commence la bataille;
Et guidé par un noble espoir,
Malgré des torrents de mitraille,
Chacun veut faire son devoir.
Ceux qui sont tombés, quelle gloire!
Vont avoir pour champ de repos,
Le divin temple de mémoire,
Et pour suaire des drapeaux.

Ran tan plan, ran tan plan...
Garde national, accours, ne sois pas lent!
Ran tan plan, ran tan plan...

PETITS ENFANTS, VENEZ A MOI.

Cette chanson a été composée pendant les événements de juin 1848.

AIR :

Petits enfants, quelle est la cause
Qui vous rend tristes, soucieux?
Oh! l'étrange métamorphose!
Qu'est devenu votre air joyeux?
Le bruit d'une grande colère
Vous donnerait-il de l'émoi?
Votre peur n'est qu'une chimère;
Petits enfants, venez à moi.

Lorsque du ciel la foudre gronde
Et met les chênes en morceaux,
L'esprit qui veille sur le monde,
Fait respecter les arbrisseaux.
Vous êtes plus forts, par votre âge,
Que par tous les soldats d'un roi;
Laissez au loin mugir l'orage;
Petits enfants, venez à moi.

Grâce à votre heureuse innocence,
Vous ignorez bien des malheurs;
Ce qu'ici bas chacun encense,
Est une source de douleurs.
Comme hommes, payant votre dette,
Vous devrez vous faire une loi
De craindre des honneurs le faîte;
Petits enfants, venez à moi.

J'ai vu de honteuses intrigues
Effrontément se dévoiler;
Et tout, sans de puissantes digues,
Dans un abîme eût pu rouler.
Partout n'ayant trouvé que vide,
En Dieu seul j'ai placé ma foi;
Acceptez-moi pour votre guide;
Petits enfants, venez à moi.

POUR LES PAUVRES BLESSÉS.

Cette chanson a été composée après les tristes événements de juin 1848.

Air :

Le sang français a coulé dans la rue;
Le frère est mort par le frère égorgé.
Comme un lion sur des chasseurs se rue,
Le plomb frappait : rien n'était ménagé.
Après des jours, de trop longs jours d'alarmes,

Nos vœux enfin se trouvent exaucés!
L'ordre renaît : déposons tous nos armes;
Et puis, donnons pour les pauvres blessés.

Des malheureux, ô lâche perfidie!
Furent plongés dans un fatal sommeil;
Leur rêve fut une révolte impie;
Qu'ils ont été punis à leur reveil!
Ne craignons plus de funestes intrigues :
Nos ennemis sont partout terrassés;
Reposons-nous, après tant de fatigues;
Et puis, donnons pour les pauvres blessés.

Bien des enfants, à l'appel de leur mère,
Sans hésiter durent armer leurs bras;
Le cœur rempli d'une tristesse amère,
Hélas! beaucoup sont tombés en soldats.
Pleurons leur mort! et qu'au nom de la France,
Pour chacun d'eux des lauriers soient tressés!
De meilleurs jours acceptons l'espérance;
Et puis, donnons pour les pauvres blessés.

De ses devoirs nous montrant la pratique,
Et s'oubliant, un courageux prélat
Voulut prêcher l'esprit évangélique;
Mais il périt de la main d'Attila.
Ses saints efforts, dans le céleste empire,
Par l'Éternel seront récompensés;
Envions-lui son glorieux martyre;
Et donnons, tous, pour les pauvres blessés.

EXHORTATION A LA CHARITÉ.

Air :

Au malheureux, qui se désole
D'être privé même de pain,
Ne refusons pas notre obole;
Et qu'il puisse calmer sa faim!
Que la charité nous entraîne
Vers tous nos semblables en peine!
Donnons souvent, procurons-nous
Le plaisir de tous le plus doux.

Voyez cette mère attristée;
Ses chers enfants sont presque nus...
Qu'elle soit par nous assistée;
Et d'elle restons inconnus!
De son bien faire un bon usage
Fut toujours le propre du sage.
Donnons souvent, procurons-nous
Le plaisir de tous le plus doux.

Un pauvre malade réclame
Notre secours, dans son malheur;
Il sent, hélas! qu'il rendra l'âme,
Pour peu que dure sa douleur.
Si nous faisions la sourde oreille,
Nous mériterions la pareille.
Donnons souvent, procurons-nous
Le plaisir de tous le plus doux.

Dieu, qui de tout tient la balance,
Voudra nous accorder, un jour,
De nos bienfaits la récompense,
En nous comblant de son amour.
N'oublions pas cette maxime :
Chacun, ici-bas, doit sa dîme.
Donnons souvent, procurons-nous
Le plaisir de tous le plus doux.

LE CURÉ DE VILLAGE ou LE BON PASTEUR.

AIR :

Il est, dans un petit village,
Un saint curé dont la candeur
De celle du Christ est l'image;
On le nomme le bon pasteur.
Devant lui fuient les procès, les discordes,
Comme on voit fuir de sauvages les hordes;
Chacun reçoit ses utiles avis;
Le bon pasteur, dit-il, se doit à ses brebis.

A la porte du presbytère
Un malheureux vient-il frapper,
Vite il soulage sa misère,
Il fait ce qui peut la tromper.
Pour l'avenir ayant la Providence,
Il n'a jamais usé de prévoyance :

Il donne tout, tout jusqu'à ses habits;
Le bon pasteur, dit-il, se doit à ses brebis.

Qu'il fasse froid, qu'il neige ou pleuve,
Tout ce qui souffre : un orphelin,
Un malade ou bien une veuve,
En lui trouve son médecin.
Le laboureur, qu'un dur travail accable,
Il va l'aider de sa parole aimable;
Et pour ses pieds l'herbe vaut un tapis;
Le bon pasteur, dit-il, se doit à ses brebis.

Indulgent envers la jeunesse,
Lorsqu'il prêche dans le saint lieu,
Il promet à toute faiblesse
La miséricorde de Dieu.
Sa charité, trésor que rien n'épuise,
Parfois, le tient fort loin de son église;
Il fait du bien même à ses ennemis;
Le bon pasteur, dit-il, se doit à ses brebis.

Il est béni de ses ouailles;
Pourrait-il en être autrement?
Il a d'un père les entrailles,
Il pleure à chaque enterrement.
Le grand espoir sur lequel il se fonde,
S'adresse ailleurs qu'aux objets de ce monde;
Son cœur repousse et l'or et les rubis;
Le bon pasteur, dit-il, n'aime que ses brebis.

LA FOI, L'ESPÉRANCE ET LA CHARITÉ.

AIR :

LA FOI.

Lorsque gravissant la montagne
De la vie où tout est malheur,
Le découragement nous gagne,
Ou que nous reculons de peur;
La Foi vient de notre courage
Retremper, tendre les ressorts;
Et notre long pèlerinage
S'accomplit jusqu'au bout, alors.

L'ESPÉRANCE.

Souvent du captif la souffrance
Mettrait en danger sa raison,
Si, comme un rayon, l'Espérance
Ne se glissait dans sa prison.
Permets, ami, qu'on te console,
Lui dit cet ange de bonté;
Sers-toi de mes ailes, et vole
Au-devant de ta liberté !

LA CHARITÉ.

Sur les grabats de la misère,
Des malheureux sont étendus ;

A la vie ils ne tiennent guère;
Mais leurs soupirs sont entendus:
La Charité prend d'une femme
L'air gracieux, la douce main;
Et pour chacun d'eux sa belle âme
Trouve un remède souverain.

ODE A LA FRATERNITÉ.

Fraternité, fille du ciel,
Hâte-toi, descends sur la terre!
Ta voix, douce comme le miel,
A nos maux sera salutaire.
De cœurs follement irrités
Tu calmeras l'effervescence;
Et le baume de tes bontés
Mettra fin à toute souffrance.
Oh! viens! je t'implore à genoux,
Ainsi qu'on implore une reine;
Tu seras, au milieu de nous,
Une puissante souveraine.
Quitte, sans regret, le séjour
Des félicités éternelles!
Permets à notre froid amour
De se réchauffer sous tes ailes!
Le même esprit qui t'a donné
Les vertus nobles en partage,
Dans sa sagesse, a condamné
L'homme au plus affreux esclavage :

Les passions, cruels tyrans,
Ont faussé, souillé sa nature;
C'est en flattant ses grossiers sens,
Qu'elles ont fait son âme impure.
Fraternité, ta voix sera
Un feu vif qui tout purifie;
Par toi, chacun se trouvera
Au seuil d'une nouvelle vie:
Nous ne teindrons plus notre main
Du sang de notre ami, d'un frère;
Nous chérirons notre prochain
D'un sentiment pieux, sincère.
Viens à nous! je t'en prie encor!
Viens rendre inutiles nos armes!
Apporte-nous de l'âge d'or
Les beaux jours, les féeriques charmes!
Répands le plaisir de la paix
Dans les campagnes et les villes;
Et qu'à l'ombre de tes bienfaits,
Nous soyons tous, heureux, tranquilles!

ANGÉLICA ou LA SOEUR HOSPITALIÈRE.

Air :

Jeune encore, elle renonça
A vivre, pour elle, en famille,
Et, sous le nom d'Angélica,
Elle devint de Dieu la fille.

Près d'elle on trouve le repos
Et l'on prend goût à la prière;
Un remède à beaucoup de maux
Est dans la sœur hospitalière.

Elle est l'appui de l'orphelin,
Pendant l'âge de la faiblesse;
A la veuve elle tend la main,
La console dans sa tristesse.
Se faire bénir, en tout lieu,
C'est là son œuvre journalière;
Ah! qui n'aimerait pas le Dieu
Que sert la sœur hospitalière!

Elle offre au malade souffrant
Soins éclairés, pieux langage;
Elle sait donner au mourant
Résignation et courage.
Par elle seront revêtus
Ceux qu'a dépouillés la misère;
On ne trouve tant de vertus
Que dans la sœur hospitalière.

A MA MÈRE, AU CIEL.

Quand j'étais une faible plante,
Tu me soutins, tu m'abritas;
Près de moi garde vigilante,
De mille maux tu m'exemptas.
Je te dois bien plus que la vie,
Puisque encore, pour mon bonheur,

Ta voix, ton image chérie
Remplissent sans cesse mon cœur.
Tu m'as fui comme un météore,
Et je n'ai pu te retenir;
Renaître est permis à l'aurore...
Toi, tu ne dois pas revenir.
Du haut du ciel que ta tendresse
Sur ton enfant veille toujours!
Sois, dans mes instants de détresse,
Mon espérance, mon secours:
Empruntant d'un ange les ailes,
Ma mère, alors, viens vite à moi!
Viens m'apporter forces nouvelles,
Pour que je sois digne de toi!
Lorsqu'à la fin de ma carrière,
Devant Dieu je comparaîtrai,
Grâce à l'appui de ta prière,
Son indulgence je l'aurai.
Nos âmes, ainsi réunies,
Tout ivres de félicité,
Au son de douces harmonies,
Entreront dans l'éternité.

PAROLES D'UN MOURANT.

Je vais mourir, ne pleurez pas!
Mon sort n'est point un sort à plaindre:
Plus on s'approche du trépas,
Et moins on a lieu de le craindre.

Toujours sous la main du malheur,
Notre race semble maudite;
A chaque instant, une douleur
De son aiguillon nous irrite.
Celui qui fait bien de pleurer,
C'est cet enfant qui vient de naître,
Car il sent son cœur se serrer
Et souffrir, en recevant l'être.
D'ici-bas quel est donc l'objet
Qui mérite qu'on s'y attache?
Est-ce un peu d'or? c'est un sujet
D'ennuis, de tourments sans relâche.
L'amitié n'est plus qu'un vain mot,
Et toute gloire une fumée;
L'honneur est obscur comme un sot;
Au vice seul la renommée.
Oh! quel bonheur de m'envoler
Avec la mort, sous sa grande aile,
Vers Dieu qui daigne m'appeler
Au sein de la paix éternelle!
Habitant fraîches oasis,
Je trouverai, dans leur douce ombre,
L'oubli des maux et des soucis;
Je ne serai plus triste et sombre.
De même qu'un marin, au port,
Peut rire et braver la tempête,
De même, au jour de notre mort,
Croyons-nous en un jour de fête.

A L'HOMME AMBITIEUX.

Où vas-tu, voyageur?
Sais-tu vers quelle étoile,
Pauvre navigateur,
Tu dois pousser ta voile?
Avec un frêle esquif,
Sur une mer d'orages,
Tu veux, toi si chétif,
Chercher de beaux rivages.
Combien tu ferais mieux
D'apprendre à te connaître,
D'aller revoir les lieux
Où le ciel t'a fait naître!
Là coulant d'heureux jours,
A l'ombre de ta mère,
Pour toi des ans le cours
Serait peine légère.
Oh! pense à ton vallon,
A son doux air de fête!
Fuis vite l'aquilon
Déchaînant la tempête!...
C'est en vain que l'orgueil
Te tourmente et t'agite;
N'espère qu'un écueil
Au bout de ta poursuite!...
Retourne à tes amis;
Et près de ta famille,

Rends à ta loi soumis
Un cœur de jeune fille!
Tous les biens et tout l'or
Que la fortune donne,
Valent-ils un trésor
Qui ne tente personne?
Ce trésor, tu l'auras
Dans une humble existence;
Du travail de tes bras
Attends plus qu'opulence.

LES DEUX CORBILLARDS.

FABLE.

Deux corbillards ensemble cheminaient,
Et, tous les deux, un cadavre amenaient
Au seigneur cimetière, espèce de vorace
Qui mange notre chair, et jamais ne s'en lasse.
L'un était décoré de plumets gracieux,
De franges, de galons brillant à qui mieux mieux;
L'autre, pour ornement de sa maigre encolure,
N'avait rien, si ce n'est, en grossière sculpture,
Un triste sablier d'étoiles entouré,
Et qu'on avait, jadis, d'un gris-clair peinturé.
Le riche corbillard riant de la misère,
De l'air piteux de son confrère,
Celui-ci, rouge de colère,
Lui dit : Faquin, ne fais pas tant le beau,
En charriant, comme moi, de la terre!

Tu n'es qu'un dernier oripeau
Des folles vanités humaines ;
Moi, je suis l'image des peines
Qui conduisent l'homme au tombeau.

LE CAPITAL ET LE TRAVAIL.

FABLE.

Dans un superbe hôtel, du goût le plus moderne,
Logeait le gros et gras *baron du Capital ;*
Une chambre enfumée, un vrai trou sépulcral
Abritait le *Travail*, au teint pâle, à l'œil terne,
Aux bras tout décharnés, au corps faible et souffrant,
Présentant, en un mot, la mine d'un hareng.
Les deux associés avaient cru qu'un divorce
Était chose possible entr'eux ;
Ils s'étaient trompés, tous les deux ;
L'un ne grossissant plus, l'autre perdant sa force,
Chacun, de son côté, trouvait son sort affreux.
Heureusement, et c'est, en pareil cas, l'usage,
Qu'ils eurent les conseils d'un sage,
Homme d'esprit autant que monsieur de Balzac,
Qui leur remémora la fable
Des membres et de l'estomac.
Grâce à cet homme charitable,
La paix se fit, et doit, dit-on, longtemps durer.
Je m'arrête sur ce, de peur de m'égarer.

FIN.

Imprimerie de Gustave GRATIOT, 11, rue de la Monnaie.

www.ingramcontent.com/pod-product-compliance
Ingram Content Group UK Ltd.
Pitfield, Milton Keynes, MK11 3LW, UK
UKHW012109240726
13965UKWH00004B/1665

9 782013 052887